鬥嘴一班 ⑬
驚險網上遊

卓瑩 著

新雅文化事業有限公司
www.sunya.com.hk

人物介紹

文樂心
（小辮子）

開朗熱情，
好奇心強，
但有點粗心
大意，經常
烏龍百出。

高立民

班裏的高材生，
為人熱心、孝
順，身高是他
的致命傷。

江小柔

文靜溫柔，善解人意，
非常擅長繪畫。

胡直

籃球隊隊員，
運動健將，只
是學習成績總
是不太好。

黃子祺

為人多嘴，愛搞怪，是讓人又愛又恨的搗蛋鬼。

周志明

個性機靈，觀察力強，但為人調皮，容易闖禍。

吳慧珠（珠珠）

個性豁達單純，是班裏的開心果，吃是她最愛的事。

謝海詩（海獅）

聰明伶俐，愛表現自己，是個好勝心強的小女皇。

第一章 我不是電腦盲

在藍天小學眾多的課堂中，最受同學歡迎的莫過於電腦課了。可不是嘛？原本還在嬉鬧的同學，一聽到上課鐘聲，便馬上捧起早已準備好的課本及文具，以最快的速度向着位於地下的電腦室跑去，好像只有搶在最前方的人才能上課似的。

　　文樂心把課本捧在懷裏，興致勃勃地拉着江小柔説：「林老師上星期曾預告今天會教我們一樣新東西，不知到底會是什麼呢！」

　　江小柔眨了眨眼睛，滿懷期待地説：「如果她能教我們用電腦繪畫就

好了！」

　　走在後頭的黃子祺嘖嘖連聲地插嘴：「繪畫有什麼好玩的？不如教我們設計怪獸遊戲好得多啦！」

　　旁邊的周志明點頭應和：「這個主意不錯呀！」

　　謝海詩眼皮一挑，嗤聲一笑說：「你們別癡人說夢了，老師怎麼會教我們這種東西？我倒是希望可以學些較實用的電腦知識，譬如軟件應用或

編寫程式之類的。」

其實海詩也不過是隨便一說，沒想到卻真的跟林老師的想法不謀而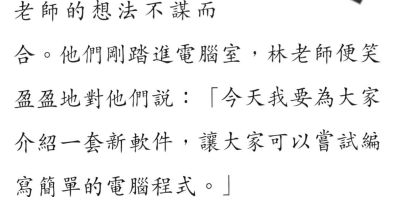合。他們剛踏進電腦室，林老師便笑盈盈地對他們說：「今天我要為大家介紹一套新軟件，讓大家可以嘗試編寫簡單的電腦程式。」

同學們好奇心大起，連忙追問：「是什麼程式啊？」

林老師二話不說，馬上打開投影機，直接展示今天的課題：「這套軟

件是專門為學生而設的，你們只要按照軟件中提供的範例，一步一步地跟着做，便能舉一反三地設計出一些簡單的平面圖、動畫，甚至電腦遊戲。」

「哇，好厲害啊！」黃子祺聽到「遊戲」二字，身子立時挺得筆直，目不轉睛地盯着投影屏幕，一改平日懶洋洋的作風。

不過，不知到底是他的理解能力太差，還是這套軟件的功能太五花八門，無論他多麼專心聽講，始終沒能理出半點頭緒來。

正當他一籌莫展地對着電腦屏幕

乾瞪眼的時候，卻忽然聽到林老師喊他的名字。

　　林老師指着她的電腦屏幕上顯示的一個小貓圖案，說：「黃子祺，請你出來示範一下，如何能令這隻小貓從左邊走到右邊。」

　　「怎麼偏偏是我啊？」黃子祺不情不願地站起身來，然後像個第一天

上學的幼兒生似的一步一回頭，企圖向鄰座的周志明求救。

　　只可惜操作電腦這回事，並非單單一個眼色或手勢就能交代清楚的，周志明無奈地攤攤手，朝他做了一個愛莫能助的表情。

　　黃子祺低頭苦思著該如何蒙混過關，然而不懂就是不懂，又怎麼能敷

衍得了？同學們見他一直瞪着電腦屏幕一動不動，都吃吃地笑起來。

林老師於是耐心地再解釋一遍，

並和氣地笑笑説：「這個軟件的功能繁多，的確不容易記住。但只要你們回家後能用心做這份功課，便必定可以學會的。」

雖然有林老師為自己打圓場，但黃子祺還是覺得丟臉極了，一雙耳瞬間變得通紅，恨不得自己是個懂得隱身術的魔法師，在此刻藏起來。

這時下課鐘聲響起，林老師剛離開電腦室，一直憋着笑的同學旋即「哇咔咔」的笑作一團，還低聲地取笑黃子祺説：「這麼簡單的軟件都不懂，他一定是個『電腦盲』啊！」

　　黃子祺很氣憤，正要出言反駁，旁邊的文樂心已「嚯」一聲站起身來，為他打抱不平地說：「這套軟件我們今天才第一次接觸，不懂也不足為奇啊！」

　　江小柔也看不過眼，說：「是啊，你們這樣取笑同學實在太過分了！」

　　高立民來到黃子祺的電腦前，友愛地搭着他的肩膀說：「兄弟，你有什麼不明

白的？我來教你！」

　　黃子祺當然知道他是一番好意，但在眾目睽睽之下，難免感到面子有點掛不住，於是不領情地別轉臉說：「哼，誰說我不懂？我只是故意不作答而已！」

　　他邊說邊收拾課本和文具，然後如逃走般跑出電腦室，口中不服氣地自言自語：「誰說我是電腦盲？區區一個電腦軟件，我才不相信我搞不定它！」

第二章 來路不明的盟友

當天回家後，黃子祺便坐言起行，趁着爸媽還未下班，跑進書房借用他們的電腦開始做電腦功課，但無奈弄了半天，還是未能完成任務。

他不禁沮喪地輕歎一聲：「難道我真的是個電腦盲嗎？」

他失望之餘，更乾脆關掉了程式軟件，轉而到互聯網上四處瀏覽。當他看着看着，一個以巫師為主題的遊戲廣告視窗，不知從哪兒蹦了出來。

「咦？這是什麼？」廣告視窗雖

然面積不大，但從中已能看出遊戲網站製作得十分精美，貪玩的黃子祺忍不住好奇地按了進去。

一開啟網站，整個屏幕便呈現了一個以歐洲古堡為主題的背景，古堡的四周全是茂密的森林和陡峭的懸崖，一羣造型新穎獨特的巫師和妖怪，在視窗前來回飛翔，透着一股神秘莫測的氣氛。

　　「原來是個以巫師為主題的遊戲網站，看起來挺好玩呀！」

黃子祺瞬即被眼前的畫面吸引住，不但毫不猶豫地申請了帳戶，還為自己起了個有型的網名——哈利波特二世。

　　這個遊戲的玩法似乎很簡單，學了半天也搞不懂程式軟件的黃子祺居然一看就明白了，令他頓時重拾滿滿的自信心：「原來玩家就是巫師，

只要把妖怪打跑，救出被困在城堡裏的公主，便可以順利過關。這不難啊！」

在弄明白是怎麼一回事後，他便迫不及待地按下開始鍵，立刻投入到巫師的世界。

他專注地盯着電腦屏幕，十根指頭隨着屏幕上的動畫敲打鍵盤，而且越敲越起勁，好像非要把它敲個粉碎不可。

良久，當他感到自己的十根指頭都麻痹得快要飛脱時，才終於把所有妖怪都打跑，救出了公主。

　　他興奮得在空中大力一揮拳頭，

喊道：「啊！我可以晉級了。」

　　正當他心滿意足地預備登出網

頁，然後繼續完成那份似乎永遠無法

完成的電腦功課時，電腦忽然傳來

「叮」的一聲。

　　「怎麼回事了？」他呆了一呆，

只見遊戲網站上出現了一個對話視

窗，是一個帳戶名稱叫「黑巫師」的人傳給他的留言：「哈利你好，我想邀請你和我結成盟友，一起合作打妖怪，可以嗎？如果我們能打敗妖怪，你和我不但可以同時晉級，而且還能額外得到一件法寶，可以助你提升法力呢！」

黃子祺很心動，但他仍然以僅餘的理智回應道：「可是我還要做功課，明天便要交了呢！」

「是什麼功課？」那個黑巫師又問。

一提起這份功課，黃子祺便禁不住歎氣，無奈地回覆：「是電腦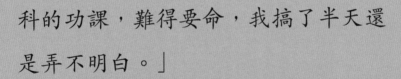科的功課，難得要命，我搞了半天還是弄不明白。」

黑巫師立刻回應：「電腦我最在行了！不如這樣，只要你答應跟我合作，我便替你搞定它，怎麼樣？」

「真的？」黃子祺目光一亮。

黑巫師爽快地答應：「當然了！你把功課傳給我吧，完成後我再傳回給你。」

「真的嗎？你別信口開河啊！」有人願意幫自己做功課，黃子祺自是求之不得。

「我黑巫師一言九鼎，絕不反悔！」

黃子祺見他說得實在，便把功課傳了給他，然後就真的回到遊戲當中，跟那個來路不明的「黑巫師」並肩作戰起來。

第三章 一諾千金

　　黃子祺的爸爸是在電視台任職新聞記者，每天晚上才是他最忙碌的時候；至於媽媽，則是在一所大公司裏出任財務顧問，也是要常常加班熬夜。家裏經常就只有一個女傭人照看着他，今天晚上也不例外。

　　既然沒有父母在旁管束，黃子祺也就肆無忌憚，不但沒完成功課，就連晚飯也是隨便吃了兩口便作罷，只一心一意地和黑巫師打遊戲。

　　與別人聯手的效果的確比起自己

單打獨鬥優勝得多，他們一路過關斬將，短短時間內便已連升好幾級，不但累積了許多分數，還獲得兩件可以增強法力的寶物，實在是令他喜出望外。

嘗過了甜頭，黃子祺一下子便像着了魔似的停不下來，直至聽到媽媽用鑰匙旋開大門的聲音，才急急忙忙關掉電腦，跑回房間倒頭大睡。

第二天早上，當媽媽喚他起牀的時候，他睏得連眼皮也無法睜開。媽媽

察覺到他有些不對勁，懷疑地問：「怎麼你才剛睡醒便一臉倦容？昨天很晚才睡覺嗎？」

他一驚，趕緊抖起精神，連聲說：「沒事沒事。」

不過，經媽媽這麼一提起，他的腦筋倒是清醒多了，猛然想起那份還沒完成的電腦功課，不禁懊惱地輕敲後腦勺：「糟糕！今天要交功課了，怎麼辦？雖然黑巫師答應過幫我，但他也許只是隨便說說而已啊！」

他抱着姑且一試的心態登入自己的電子郵箱，卻訝然發現郵箱內果

然有一封署名黑巫師的來郵。他急忙
打開附件一看，只見功課真的全做好
了，頓時既驚且喜地說：「他果然是
一諾千金啊！」

　　當他回到學校後，周志明和高

立民都湊過來關心地追問：「嗨，你的電腦功課做好了嗎？要不要我們幫忙？」

　　黃子祺不慌不忙地從書包裏掏出一根小巧的記憶棒，得意地在他們眼前晃了晃説：

周志明和高立民愕然地面面相覷，心裏都很疑惑。昨天仍然一臉摸不着頭腦的黃子祺，竟然在一夜之間便全懂了，這也太神奇了吧？

同學們驚訝之餘，都無不心生佩服，胡直朝他豎起大拇指說：「你的學習能力很強啊！」

吳慧珠也滿心羨慕地說：「如果我能有你一半的聰明就好了！」

　　黃子祺被誇讚得眉飛色舞，兩邊嘴角向上揚出一彎新月，得意忘形地說：「這沒什麼，大家其實都可以做得到的，你們只要……」

　　他的嘴巴張了又合，欲言又止好幾回，好不容易才勉強忍住沒有把黑巫師的事情說出來。

　　不過，黃子祺瞞得過別人，卻瞞不

過他鄰座的周志明。

周志明跟黃子祺一向要好，如今見他的行為有異，便心知事不尋常。他耐着性子一直等到下課後，才一把拉住他問：

你的電腦功課到底是怎麼回事了？快從實招來！

第四章 世外高人

黃子祺本來就是個藏不住秘密的人，自己剛才也幾乎說溜了嘴，如今經周志明再三追問，便再也忍不住，神秘一笑說：「這個嘛，當然是山人自有妙計啦！」

他一勾手指頭，示意周志明把頭湊過來，在他耳邊耳語：「其實呢，我是全靠一位『世外高人』出手幫忙的。」

「高人？什麼高人？」周志明一雙眼睛閃閃發亮。

當下，黃子祺便把自己昨天的「神奇」遭遇，向周志明娓娓道來。

對於黃子祺能有此奇遇，周志明羨慕不已，嗟歎再三地說：「你為什

麼不早說嘛，我也想結識一下這位高人啊！」

黃子祺大方地一拍胸膛說：「這不是難事呀！今天放學回家後，你便上那個遊戲網站登記，我把你介紹給他認識！」

「你果然是我的好兄弟啊！」周志明喜上眉梢。

當天下午回到家後，周志明便立刻跑進書房開啟了爸爸的電腦，按照黃子祺給他的網址，連線到那個遊戲網站，登記成為會員。

http://www.xxxx.com

ENTER

不知是否男孩子對於這類遊戲的抵抗能力都特別薄弱，周志明一看到那個設計獨特的遊戲網站，便和黃子祺一樣着迷了，剛剛跟黃子祺及黑巫師結成盟友，便迫不及待地打起妖怪來。

他們合三人之力，很快便成功過了一關。

黃子祺興高采烈地在對話視窗中寫道：「我們果然是最佳拍檔啊！」

周志明更是得意地自吹自擂：「那當然！在藍天小學裏，有誰會不認識黃子祺和周志明這兩位『智多星』呢？」

這時，黃子祺忽然發現自己雖然已過關，卻無法像上次那樣獲得新法寶，不禁疑惑地問：「奇怪，為什麼我沒有收到新法寶呢？是遊戲程式出錯了嗎？」

一直在線的黑巫師馬上回答：「你們是普通會員吧？如果你們想繼續得到法寶，就要到便利店購買遊戲卡，成為真正的貴賓會員啊！」

「哦，原來如此！」黃子祺恍然大悟。

他們只好暫且打住，一直等到第二天放學後，才迫不及待地跑進附近的便利店購買遊戲卡。可是他們怎麼也沒想到，一張遊戲卡的售價竟然是一百多元。

黃子祺驚訝地說：
「嘩，這個價錢已經差不多是我兩個星期的零用錢了呢！」

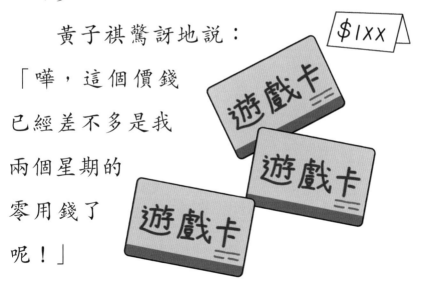

周志明撫着口袋裏的兩張鈔票，有點捨不得地説：「我的零用錢已經包括了買零食和其他文具的雜費，如果買了遊戲卡，那麼我這個月的開銷該怎麼辦？」

黃子祺的零用錢雖然不見得比周志明多，但他勝在儲了一點積蓄，於是拍拍胸膛，擺出一副很仗義的樣子説：「放心，我還有錢，如果你這個月有什麼需要買的，我可以幫你先墊付。」

「這個……」周志明仍然有些為難，但一想到那個緊張刺激的巫師遊

戲，就心癢難耐，經過一番苦苦掙扎後，最終還是打定主意道：「好吧，就這麼決定！」

　　這天晚上回到家後，他們又再回到那個虛幻的巫師世界，別說溫習了，就連把時間用在睡覺上也覺得是一種浪費，彷彿那兒的世界才是他們真正的家。

第五章 打遊戲的代價

　　這天的中文課，徐老師教大家讀唐代詩人王之渙寫的《登鸛雀樓》：「白日依山盡，黃河入海流。欲窮千里目，更上一層樓。」

徐老師剛唸完詩，忽然聽到「啪」的一聲，正在專心上課的同學都嚇了一大跳。

大家連忙循聲望去，只見一本課本，還有一些文具散落在黃子祺旁邊的地板上。然而，黃子祺卻只是一臉懵然地看着大家，額頭上還明顯地留有一個紅印。

任誰看到那紅印，也能猜到他剛

才必定是在打瞌睡，同學們都忍不住掩嘴偷笑。

徐老師沉着臉問黃子祺：「請你告訴我，我剛才説了什麼？」

黃子祺故意蹲下身，把散落一地的文具一件一件拾起來，卻暗中碰了碰周志明的腳踝，期望他能解救自己，只可惜周志明也同樣精神恍惚，老師的話根本沒聽進多少，又如何能

幫得上忙？

　　既然求救無門，黃子祺便只能自救。

　　他想起剛才好像隱約聽到徐老師說什麼上幾層樓的，於是便試着猜道：「老師是吩咐我們到樓上的禮堂集合，對嗎？」

　　他此言一出，同學們頓時「哇咔咔」的捧腹大笑起來。

　　徐老師生氣地拍一拍桌子，訓斥道：「安

靜！你們上課如此不認真，成績怎麼會好？難道你們都不想升班了嗎？」

　　教室剎時鴉雀無聲，但徐老師仍然餘怒未消，不但板着一張臉，還不時點選同學回答課文，令同學們無不提心吊膽，好不容易熬到下課的那一刻，大家才總算舒一口氣。

　　剛才曾不幸被徐老師點中的吳慧珠吐了一下舌頭，回頭怪責黃子祺說：「都是你不好，惹惱了徐老師，害我們也無辜被罵！」

文樂心也一臉不滿地接着説:「對啊,徐老師對我們這麼好,你還把她氣成這樣,實在太不應該了。」

謝海詩托了托眼鏡,擺出一副理智的樣子,提醒黃子祺道:「依我看,你還是向徐老師道個歉比較好,免得我們陪你一同受罪!」

「沒錯,你該向徐老師道歉!」大家都紛紛附和。

儘管大家都在七嘴八舌地表達意見，黃子祺卻完全不為所動，只抬頭環視了眾人一眼，便又再「撲通」一聲，伏在桌上呼呼大睡起來。

　　同學們都既急且怒地說：「原來他根本沒把我們放在眼裏。」

江小柔倒是
有點為他擔心：
「他沒事吧？在
這種情況下居然還
能入睡，該不會是生病
了吧？」

　　周志明一邊打着呵欠，一邊擺着
手笑說：「放心吧，他不過就是玩網
上遊戲玩得太累，睡眠不足而已。」

　　「原來他是為了打遊戲，才把自
己弄成這個樣子啊？」大家都不滿地
皺眉。

　　胡直不太理解地搖搖頭說：「電

腦遊戲說穿了不過就是個會發光的屏幕而已，既不會走又不會說，哪及得上跟一班朋友打籃球那麼有趣？」

文樂心也覺得很不可思議：「為了打遊戲竟然不眠不休，難道他不會覺得睏嗎？」

吳慧珠一臉不爽地努了努嘴：「哼，就因為他這個害羣之馬而連累大家無辜被罵，真是太冤枉了！」

忽然，高立民手上不知何時拿着一支黑色的水筆，只見他淘氣地朝大家一眨眼睛，便躡手躡腳地來到黃子祺的面前，輕輕在他的臉上畫上鬍子

和眼鏡框。

　　作為好兄弟的周志明非但沒有出
手阻攔，反而覺得好玩極了，竟然跟

着大家一起「咯咯咯」地笑起來。就連向來正義感滿分的文樂心，都覺得他應當受點教訓，故此也同樣袖手旁觀。

　　黃子祺睡得可真香，直到上課鐘聲響起才總算醒過來。

當他一睡醒，便很自然地伸手拭着惺忪的眼睛，誰

不知他這麼一拭，竟使高立民特意為他添加的「鬍子」和「眼鏡框」都糊開了，一張臉立時髒得一塌糊塗。

常識科的鍾老師進來時一看，被他嚇了一大跳：「黃子祺，你這是在扮鬼嚇人嗎？快去洗手間把臉洗乾淨！」

黃子祺並不知道自己被捉弄了，對鍾老師的話感到一頭霧水，但也只好往洗手間走去。

　　心知肚明的同學們見他臉上掛着個大花臉卻一臉無辜的滑稽模樣，都忍不住笑得前仰後合，心裏想：平日愛取笑同學的黃子祺，該體會一下被取笑的感受了！

第六章 披着羊皮的狼

　　雖然發生了被畫大花臉的小插曲，但黃子祺和周志明不但未有從中吸取教訓，反而更沉迷於那個巫師世界之中，而且越陷越深，已到了不能自拔的地步。

　　每天放學回家後，他們便只顧打遊戲，連功課也經常依賴黑巫師代勞，不但荒廢了學業，還把錢包裏的零用錢都掏空了，但他們仍然沒有要停下來的意思。

　　一天晚上，當他們打遊戲打得累

了，便如常地拜託黑巫師為他們完成功課，然後預備上牀睡覺。

可是，黑巫師的回覆卻令他們摸不着頭腦：「我很樂意為你們效勞，但在此之前，你們必須先每人付給我十張遊戲點數卡。」

當黃子祺看到黑巫師的留言時，還以為是自己眼花看錯了，他揉了揉那雙累得幾乎睜不開的眼睛，重新再

黑巫師，請你幫我完成今天的英文網上練習。

細閱一遍，才駭然發現是真的。

　　他吃驚地喊：「十張點數卡？那豈不是相等於一千多元了嗎？」

　　看到留言的周志明急急私下發訊息給黃子祺，問：「黑巫師怎麼回事了？他替我們做功課是要收費的嗎？」

　　黃子祺也感到莫名其妙，不曉得到底是怎麼回事，只好應道：「我也不清楚，我們一直都是好盟友，他從來也沒有問過我要錢啊！」

　　周志明有些不敢相信地說：「他該不會是存心要欺騙我們吧？難道他出現財政困難了？」

　　「也許吧？」黃子祺也很疑惑，於是他試着以開玩笑的方式，向黑巫師回了一個訊息：「別開玩笑了，你

是我們的好盟友嘛！況且我們還是學生，哪有錢買這麼多點數卡啊？」

　　然而，當他們收到黑巫師的回覆時，便怎麼也笑不出來了：「誰跟你開玩笑？如果你們不乖乖付款的話，我便會向你們的老師揭發你們。」

　　黃子祺很不以為意地回道：「你連我是誰都不知道，怎麼揭發？」

　　沒想到黑巫師回道：「你們是藍天小學的黃子祺和周志明同學，不是嗎？」

這下子，事情變得非同小可，
「他怎麼會知道的？」

　　猛然間，黃子祺想起來了。他
記得有一次當他們打遊戲過關後，周
志明曾不經意地把他們的名字說了出
來，沒想到黑巫師便把話全記住了。

黃子祺不禁埋怨道：「都是你，怎麼能隨隨便便地把名字告訴陌生人啊？」

　　周志明頓時懊悔不已：「對不起啦，我本以為大家是盟友便少了戒心，誰知他原來是披着羊皮的狼，不但

翻臉不認人，而且還威脅我們。那麼我們該怎麼辦才好啊？」

　　一時之間，他們都感到十分彷徨，不知該如何是好了。

第七章 大禍臨頭

　　當天晚上，黃子祺躺在牀上思前想後，才驚覺那個黑巫師應該從一開始便有所預謀，而他不但天真地把對方視為盟友，還把周志明介紹了給他認識。

　　「如此說來，其實是我連累了周志明才真呢！」想到此處，黃子祺更是內疚得無法入眠。

　　第二天早上，媽媽見他一臉憔悴的樣

子，不禁擔心地問：「阿祺，你的臉色怎麼這麼差？該不會是生病了吧？」

黃子祺看着一臉關切的媽媽，真有立刻把全部事情都告訴她的衝動，但當他想到爸媽知道真相後會有多生氣，他便膽怯了。結果，已經到了唇

邊的話，他又硬生生地把它們吞回肚子裏去。

　　黃子祺懷着忐忑不安的心情回到學校後，第一時間就拉着周志明躲在教室的一角，低聲地商討對策。

　　周志明撓着頭，苦惱地説：「我一個月的零用錢也不過就是三百元而已，我哪有這麼多錢買點數卡啊？」

　　黃子祺也惆悵萬分地説：「我本來是有些積蓄的，可是近來為了買點

數卡，那些積蓄已經所剩無幾了。」

　　周志明感到一陣頭皮發麻：「那麼這次我們豈不是死定了？」

　　黃子祺見他滿臉恐慌，想要安慰他幾句，但他自己也心亂如麻，根本不知可以說什麼，只好愧疚地垂下頭說：「都是

我不好，如果不是我，你就不會遇上
這種麻煩事了。」

　　「怎麼了？你們遇到
　　什麼麻煩事了嗎？」一把聲
音忽然傳來。

　　黃子祺和周志明抬頭一看，只
見高立民正以無比疑惑的目光望着他

們。

　　他們心頭一震，立時跳起身來，連聲說「沒事沒事」，便匆匆跑回自己的座位去。

　　高立民看着他們這種異常的舉動，也就更覺疑惑，皺着眉頭喃喃地道：「奇怪，他們到底有什麼不可告人的事呢？」

　　鄰座的文樂心笑着一抿嘴說：「想知道也不難啊，你只要密切留意他們的一舉一動，相信必有所獲！」

　　「有道理！」高立民同意地點頭道：「好，我倒要看看他們到底在打

什麼鬼主意！」

　　午飯的時候，黃子祺和周志明匆匆吃完飯後便雙雙離開教室，向着位於地下的電腦室跑去。

這時時間尚早，電腦室內還沒有其他同學，於是他們趁機登入遊戲網站，看看那個黑巫師會否有什麼新動靜。

果然，黃子祺才剛登入，便收到黑巫師的一則新留言，寫道：「你們必須於今天之內替我買齊十張點數卡，並把點數卡的號碼及密碼傳給我，要不然後果自負！」

周志明看到這種極具威脅性的字句，慌得

臉色發青：「不是吧？他還限定我們

要今天之內付款？我

們怎麼可能有這

麼多錢啊？」

　　黃子祺更

是氣得破口

大罵：「豈

有此理，他

真是欺人太甚！我

偏不要給他，看他又能如何？」

　　周志明的臉色更難看了，連聲音

也有些發抖了：「如果我們這樣做，

他會不會真的來學校告狀？老師知道

後會如何處置我們？」

　　就在黃子祺正要答話的時候，有人忽然從背後把頭探過來，直盯着他們的電腦屏幕，嚇得他們「啊」的一聲叫了出來。

　　黃子祺回身一看，原來正是高立民和文樂心。

文樂心眨着眼睛好奇地問黃子祺：「你們在說什麼告狀？誰告誰的狀啊？」

高立民一眼便看到屏幕上的遊戲網站，立時大聲説：「喲！原來你們在偷玩網上遊戲！」

「我哪有？你別胡説！」黃子祺連忙矢口否認，一邊眼明手快地把網站關掉，一邊回頭跟周志明打了個逃

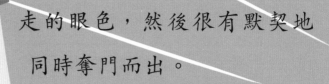

走的眼色，然後很有默契地同時奪門而出。

「黃子祺你竟敢毀滅證據，我要告訴老師，你

別跑！」高立民來不及制止，只好邊
說邊追在後頭，文樂心見狀也趕忙隨
後跟上。

第八章　掩不住的真相

　　黃子祺和周志明倉皇地逃出電腦
室後，便慌不擇路，往旁邊的操場跑
去。

　在午飯時間，許多同學都三三兩
兩地聚在操場上，他們打球的打球、
跳繩的跳繩、聊天的聊天，而黃子祺
和周志明為了擺脫高立民和文樂心的
糾纏，竟然在人叢間來回穿插。

大家唯恐殃及池魚，都迅速地閃過一旁，唯獨有三名圍在一起踢毽子的小女生，也許是玩得太投入的關係，並未注意到四周的情況，直到她們發現黃子祺和周志明時，兩人便已經從她們身旁呼嘯而過，卻偏不巧地跟其中一位小女生碰了個正着。

小女生發出「哎呀」一聲，整個人便跌坐在地上。

趕在後頭的文樂心連忙上前察

看，幸好小女生只是摔了一跤，沒有什麼損傷，她才安心地噓了一口氣。

文樂心趕緊把她扶起來，溫柔地安慰道：「別怕，現在沒事了。那兩位哥哥太可惡，我現在就去告訴老師。」

黃子祺和周志明在操場上的異常舉動，早已驚動在附近當值的風紀隊長文宏力。他看了一眼他們逃跑的方向，便旋即抄了一條捷徑追過去，很快便把二人攔截下來。

文宏力狠狠地瞪着他們，嚴厲地斥責說：「你們到底怎麼回事？難道你們不知道不可以任意在操場上奔跑嗎？」

當他們正想着該如何為自己開脱時，文樂心已經從後趕來，向哥哥文宏力告狀說：「哥哥，他們剛才在電腦室內偷玩網上遊戲，因為被我們撞破，便橫衝直撞地逃跑，還把一位低年級的小妹妹撞倒了！」

文宏力回頭質問他們：「她說的話是真的嗎？」

既然已經有人出言指證，黃子祺和周志明心知再也瞞不下去，只好低頭認錯。

「既然如此，我便要把你們交給老師處理了。」文宏力擺出一副公正嚴明的樣子。

他們無話可說，只好垂頭喪氣地跟隨文宏力前往教員室。

坐在辦公桌前的徐老師正埋頭批改着學生的功課，忽見二人被風紀隊長帶進來，先是呆了一呆，但隨即便有些會意地板起了臉孔問道：

「你們到底犯了什麼事，居然要風紀哥哥親自把你們帶進來？」

在徐老師的面前，他們當然更不

敢狡辯，只好坦白地把他們在電腦室玩網上遊戲，然後被文樂心、高立民發現，再在操場上追逐的過程，一五一十地告訴她。

徐老師見他們面有悔意，臉色才略為緩和，然後又接着問：「你們沉迷網上遊戲已經很不應該了，竟然還膽敢在學校裏玩？」

聽到徐老師這麼說，黃子祺有些委屈，忍不住低聲為自己申辯道：「其實我們不是在打遊戲。」

徐老師疑惑地追問：「你們特意上遊戲網站，如果不是為了打遊戲，那是為了什麼？」

黃子祺望了望周志明，似乎是在問：「怎麼辦？我們該告訴老師嗎？」

周志明先是搖了搖頭，但下一秒鐘又連連點頭，顯然是拿不定主意。

黃子祺見他如此，急得直跺腳，喃喃自語：「他到底是想說還是不想說呀？」

第九章 坦白從寬

　　黃子祺跟周志明眉來眼去的樣子，自然逃不過徐老師銳利的眼睛，但她並未說破，仍然耐心地等待着，希望他們能坦誠相告。

黃子祺見周
志明一副舉棋不
定的樣子，心中
甚是氣惱，於是把
心一橫，將自己如何
跟黑巫師結成盟友、如何
請他代勞做功課，以及黑巫師出
言威脅等事情的前因後果，一五一十
地告訴徐老師了。

　　徐老師聽着他的話，眉頭漸漸
緊皺起來，臉上的神色也逐漸變得凝
重。待黃子祺說完後，她忍不住嚴厲
地看着他們，語帶責怪地說：「發

生了這麼嚴重的事情，你們居然還打算隱瞞？你們知道這樣會有多危險嗎？」

徐老師見事態嚴重，也顧不得再跟他們計較，立刻嚴肅地吩咐他們：「為了保障你們的人身安全，你們千萬不要再跟這個人有任何接觸，更不可輕舉妄動。你們現在先回去上課，我要跟羅校長商量一下對策。不過你們放心，我們一定會確保你們的安全，知道嗎？」

黃子祺和周志明見徐老師如臨大敵的樣子，才意識到自己闖了大禍，

可是徐老師不但未有處分他們，反而
擔心他們的人身安全，又加以安慰，
二人頓時慚愧萬分，忍不住紅着眼睛
說：「徐老師，我們知道錯了。我們
不該沉迷網上遊戲，更不該找別人代
做功課，但我們真的沒想過事情會演
變成這樣的，對不起啊！」

他們說着說着，一顆顆晶瑩的淚珠從他們的臉龐上滑下來。

徐老師見他們真心悔改，心裏也很欣慰，於是站起身來拍了拍他們的肩膀說：「好了，你們知道錯就好。放心吧，不會有什麼事的。」

當他們回到教室，同學們便紛紛把他們圍起來了，七嘴八舌地探詢情況：「聽說你們在電腦室玩網上遊戲時，恰好被風紀哥哥抓了個正着，是真的嗎？」

對於自己所犯的錯誤，黃子祺和周志明都羞於啟齒，平日伶牙俐齒的兩個人，此刻都成了啞巴。然而，同學們並未因此而放過他們，還不停地問東問西，令他們窘迫得臉紅耳赤。

文樂心看着有些於心不忍：「你們

就別再咄咄逼人了，他們犯了錯心裏已經很難受，你們這樣會令他們更難堪的。誰沒有犯過錯呢？只要他們真心悔改便好了！」

江小柔也深表同情地點頭附和：「沒錯，我們應該設身處地去體諒別人啊！」

經她們這麼一唱一和，同學們都興致盡失，也就訕訕地散開了。

然而，文樂心和江小柔所說的話，都說進了黃子祺的心坎裏。在他難堪的時候，她們的體諒就如雪中送炭，讓他非常感動。

　　他感激地朝她們點了點頭說：「心心、小柔，謝謝你們。」

　　文樂心笑着聳聳肩說：「沒事，我們都會犯錯嘛！」

　　這天午飯後是數學課，當大家都專心地聆聽着李老師講解一條分數公式時，徐老師和羅校長忽然雙雙出現在教室門前。

「黃子祺、周志明，請你們跟我來。」徐老師朝他們招手。

大家好奇地目送着四人遠去的身影，也顧不得李老師還在教室，便你一言我一語地議論起來。

「嘩，他們到底做了什麼壞事，居然要驚動羅校長親自出馬？」

「羅校長會怎麼處置他們？」

見到大家議論紛紛，李老師嚴肅地說：「好了，我們繼續上課。」

同學們立時都住了口，然

而大家都無法再集中精神上課了。

　　文樂心和高立民對望了一眼，雖然沒説什麼，卻難掩擔心的神色：「到底是什麼一回事了？」

　　他們和其他同學一樣，臉上都掛着個大問號，可惜並沒有人能為他們解答。

　　黃子祺和周志明戰戰兢兢地跟着
羅校長和徐老師，一路來到校長室。

　　校長室的面積不算大，四周的牆
壁都放着書櫃，櫃子裏擠滿了書本和
各種各樣的獎盃，辦公桌上還放了一

羅校長

疊疊有待處理的文件。

羅校長的工作不就只是向同學們訓訓話、聊聊天嗎？沒想到原來工作也挺繁重啊！

正當他們這麼想的時候，幾張臉孔忽然毫無預警地映入他們的眼內，當中包括了兩張足以令他們瑟瑟發抖的臉孔——他們的爸爸。

黃子祺和周志明頓時臉色蒼白。怎麼連爸爸也來了？這回死定了！

他們急急把頭垂下來，不敢正視自己的爸爸。

羅校長請大家就座後，便轉而

望着黃子祺和周志明，以溫和的語氣說：「我和徐老師討論過你們的事情後，覺得事態嚴重，所以決定聯絡你們的家長，報警處理。」

聽到「報警」二字，黃子祺和周志明着着實實被嚇倒了。

他們只不過就是打打網上遊戲，除了找別人幫忙做

功課外，也沒有做過什麼壞事，怎麼就會嚴重得要報警了？

　　徐老師見他們一副驚惶失措的樣子，便微笑着安撫道：「別擔心，我們決定報警是因為想將壞人繩之於法，免得將來會有更多像你們這樣的孩子受害。待會兒，那邊的警察叔叔會問你們一些問題，你們只要把知道的事情如實地告訴他們便可以了。」

　　黃子祺和周

志明這才恍然大悟，原來跟爸爸坐在一起的那些陌生人是警察。

他們偷偷看了看羅校長，只見他也慈祥地向他們笑着點點頭，並沒有要責備他們的意思，才真正放下心來。「幸好，原來羅校長只是希望我們協助警方捉壞人呢！」

不過，當他們瞥見自己的爸爸那張繃緊着的臉孔時，心裏還是十分忐忑。

這時，一位身形高大的男警員走了過來，親切地朝他們笑

着説：「小朋友，現在警察叔叔想請你們幫個忙，你們願意嗎？」

黃子祺見他如此親切，便大着膽子問：「我們可以幫什麼忙？」

這位警察叔叔微笑着説：「你們要幫我們一起破案，把壞人繩之於法，可以嗎？」

黃子祺和周志明馬上點頭道：「可以。」

警察叔叔見他們似乎有些緊張，於是故意一挑眉，開玩笑地問：「你們會怕嗎？」

　　黃子祺一聽到這句話可來勁了，立刻蹲起馬步，使勁地揮出一道空拳說：「當然不怕啦，我們是男子漢呢，捉壞人我最拿手！」

　　周志明也不甘示弱地一晃手臂說：「我的本領也不差啊！」

　　坐在旁邊的兩位爸爸突然不約而同地輕咳一聲，二人吃了一驚，立即閉嘴立正，不敢再亂說話。

　　那位警察叔叔倒是寬容地笑了

笑，輕撫着他們的頭說：「很好，你們都是勇敢的好孩子！」

於是，他們在徐老師的帶領下，隨着警察們再次來到電腦室。

那位警察叔叔耐心地向他們解釋道：「我們想請你們再次上網跟疑犯聯繫，希望能透過電腦找出疑犯的網絡地址，以此追查出他的身分。」

沒有爸爸在

旁緊盯着，黃子祺立時又露出貪玩
的本色，磨拳擦掌地笑着說：「喲，
原來捉賊比打遊戲還刺激呢！」

　　「嘻嘻，妖怪我們打得夠多了，

捉賊可還是第一次呢！」周志明也表現出躍躍欲試的樣子。

徐老師嚴肅地看着他們說：「你們還好意思說啊！」

黃子祺吐了吐舌頭，趕緊坐直身子，老老實實地按照警察叔叔的指示，給那個黑巫師發了一個留言。

警察叔叔說：「好了，接下來的事情，便交給我們來處理吧。」

「這就可以了？」黃子祺呆了一呆。

警察叔叔點點頭說：「我們已經接管了你們的帳户，所以你們不

要再登入這個帳戶了，知道嗎？」

　　黃子祺滿以為自己可以漂漂亮亮地當一回捉賊英雄，沒想到原來只是負責發一個留言便完事，不禁大失所望。

這天晚上回到家裏，他們自然免不了要被父母訓話。

任職電腦程式設計員的周爸爸，對於兒子竟然私自利用自己工作的電

腦打遊戲，氣得不由分說地下了禁令：「你以後不許再碰我的電腦。」

周志明自知理虧，但還是委屈地小聲說：「我可以答應你以後不會隨意上網，但我不時都需要用電腦搜集資料或是做網上練習，總不能完全不碰電腦啊！」

周爸爸不愧為電腦程式員，腦筋立時一轉，說：「那麼，我會在電腦上安裝一個自動斷線的程式，往後無論你用電腦做什麼功課，都要在一小時內完成，否則電腦便會自動關機，必須輸入密碼才能再次啟動。」

「什麼？只有一小時呀！」周志明慘叫。

至於黃子祺嘛，自然也好不到哪裏去，不但被訓斥一頓，還被爸媽勒令以後不可以自行開啟電腦。不過，他自知闖了大禍，早就有被重罰的心理準備，如今他們只限制自己使用電腦，已經算是從輕發落，他當然不敢再有異議。

爸爸媽媽這一關算是應付過去了，黃子祺和周志明都重重地鬆了一口氣。

然而，他們怎麼也沒想到，當他

們第二天回到教室，班上的同學們都
一擁而上，把他們團團圍住。

　　「你們昨天到底是怎麼一回事？
羅校長為什麼找你們？」

　　「是不是因為玩網上遊戲的事
啊？」

周志明忍不住一拍額頭，心裏暗暗叫苦：「救命呀！原來他們比網上

的妖怪更難纏啊！」

　　他們當然不願意把自己被騙子威脅的事情告訴大家，可是校長為什麼要親自找他們呢？他們一時間也無法解釋。

　　　黃子祺只好隨口胡編亂造地說：「我們是去協助警方捉拿一個網上的詐騙犯呢！」

　　　周志明連忙配合地點點頭道：「沒錯！沒錯！」

　　　不知道真相的同學們無不驚訝地說：「嘩，你們真厲害，連警察都要找你們幫忙呢！」

文樂心朝他們豎起大大的拇指，滿心羨慕地說：「真帥氣！如果我也能當一次捉賊英雄就好了！」

吳慧珠眉頭一皺，憂心地說：「不好吧？這樣會不會太危險了？」

黃子祺見同學們都相信，便得意地繼續吹噓：「當然不會啦，警察會保護我們的！」

大家都對黃子祺和周志明刮目相

看，就連江小柔也深感佩服地讚道：
「你們真勇敢啊！」

謝海詩托了托眼鏡，大惑不解地問：「可是，你們年紀還這麼小，能幫得上什麼忙呢？」

揭發他們打網上遊戲的高立民交叉着雙手，一抿嘴角地接口道：「哼，他們能幫什麼忙？說不定他們不過就是被騙的苦主呢！」

被高立民一語道破，黃子祺頓時心虛得臉也紅了，但仍然掩飾地呵呵

一笑道：

> 如何幫忙不是重點，重要的是我們可以為民除害呀！

　　聰明的同學們聽出了端倪，知道黃子祺和周志明只是在吹牛，即時噓聲四起，「哼，還以為我們班出了兩位捉賊英雄，誰知原來只是兩個吹牛

大王！」

　黃子祺和周志明的謊話被識破了，他們都感到無地自容，只好紅着臉向大家道歉說：「對不起啦，我們並非要故意欺騙大家，只不過我們這次所犯的錯實在是太丟人了，我們害怕會被大家取笑，所以才不敢把真相說出來嘛！」

　於是，他們便把自己受騙的真相，原原本本地說了出來。當大家知道了前因後果後，倒也有點同情他們。

　文樂心第一個站起來說：「雖然

你們是犯了錯，但最該受罰的是那個壞人，你們也是受害者，我們不會取笑你們的。」

「沒錯，只要你們知道錯就好了。」胡直接着說。

高立民拍了拍胸膛，豪氣地道：「做功課何須找什麼黑巫師？日後大家在功課上有什麼不明白的，儘管來

找我，我是你們的『黑天使』！」

　　謝海詩有點不服氣地瞟了高立民一眼，傲然地一昂鼻頭說：「倘若他不行的話，還有我，我是你們的『白天使』！」

　　班上兩大高材生金口一開，原本噓聲四起的教室，瞬即變成轟然的歡呼聲：「太好了！我們班有黑白天

使守護，還有什麼功課會難倒我們呢？」

　　大家的寬容與熱情，使黃子祺和周志明也開懷地跟着笑起來，連日來的愁雲慘霧，終於可以一掃而空了。

第十二章 最有益的活動

　　這天上周會的時候，羅校長一臉
嚴肅地對大家說：「相信大家對於本
校學生被網上騙子威脅的事情，都已

經略有所聞，現在我要向大家宣布一個好消息。今天早上，警方透過遊戲網站負責人提供的資料，追蹤到該名騙子的住址，並且已經成功把疑犯拘捕歸案了。」

　　台下剎時爆發一陣雷動的掌聲，黃子祺和周志明更是高興得互相擊掌。

待掌聲過後，羅校長續說：「互聯網的確為我們帶來無窮的資訊，但同時亦危機四伏，故此今天我特意邀請了一位來自警察網絡安全組的電腦專家，教大家該如何安全及正確地使用電腦。」

羅校長的話音剛落，一個高大的身影從後台走了出來，親切地朝大家揮揮手。

當黃子祺和周志明看清了這個人的樣貌時，都忍不住驚訝地

「喔」了一聲，喊：「怎麼會是他？」

　　原來站在台上的人，正正就是當日負責追查網上騙子的那位警察叔叔。

　　警察叔叔很有耐心地為大家講解了許多有關網絡安全的知識，同學們都聽得津津有味。

　　最後，他還向大家建議道：「其實，真正最有益又好玩的活動，當然就是到戶外走走啦！

當我像你們這般大的時候，那時仍然是一個沒有網絡的年代，我會不時跟三五知己到球場上踢足球；或者到沙灘捉螃蟹；再不然便找一片空地踏踏單車、放放風箏，也是很好玩的。」

聽着警察叔叔數說着一連串活動，台下的同學們都聽得心癢癢的，恨不得立刻出發玩個痛快。

　　不過，最怕運動的吳慧珠卻大唱反調：「天氣這麼熱還到處跑，不怕中暑嗎？我寧可留在涼快的室內，聽聽音樂、看看電視就好了！」

謝海詩搖搖頭接口說：「這樣未免有些單調吧？倒不如去看一場歌舞劇表演，既可聽音樂，又能欣賞戲劇演出，雙重享受呢！」

吳慧珠連聲讚好：「好主意，不如我們找天一起去看吧！」

「我們也想去啊！」文樂心和江小柔也紛紛表示興趣。

謝海詩點點頭說：「那我們先回去問問媽媽，然後再約定日子吧！」

高立民望着女生們雀躍的樣子，沒好氣地說：「女生就是特別煩人，想做就立刻去做嘛，還擇什麼良辰吉日？多沒勁！」

胡直聞言，立刻順着他的語氣問：「既然如此，不如我們待會兒便來一

場即興的籃球賽吧？」

「好啊！」高立民爽快地答應，並回頭向身後的黃子祺和周志明一揚眉，問：「你們與其在網絡上跟虛擬的怪獸打交道，倒不如跟我們這些活生生的人來一場籃球比賽吧，怎麼樣？」

黃子祺不假思索地回應：「好呀，誰怕誰啊？」

於是，這天放學後，一

場籃球大戰便隨即展開。

　　黃子祺和周志明的籃球技術當
然比不上胡直，但他們勝在有默契，
在一拋一接的過程中幾乎都沒有失過
手，結果四人打了十五分鐘，還未能
分出勝負。

高立民頭一昂，得意地笑問：「怎麼樣？跟網上的妖怪比起來，我們是不是更難對付？」

　　黃子祺拭着汗水笑說：「想不到跟你們比賽真的挺痛快啊！」

周志明也意猶未盡地説：「可惜時間不早，我們要回家了！」

　　高立民接着説：「那麼我們約定明天再賽，好嗎？」

　　黃子祺馬上一抬下巴，説：「好呀，明天我們一定會把你們打敗的！」

　　胡直和高立民擺出一副奉陪到底的樣子，笑説：「你們儘管放馬過來吧！」

鬥嘴一班 學習系列

- 每冊包含《鬥嘴一班》系列作者卓瑩為不同學習內容量身創作的 全新漫畫故事，從趣味中引起讀者學習不同科目的興趣。
- 學習內容由不同範疇的專家和教師撰寫，給讀者詳盡又扎實的學科知識。

本系列圖書

英文科
漫畫故事創作：卓瑩
學科知識編寫：Aman Chiu

最新出版

精心設計 36 個英文填字游戲，依照生活篇、社區篇、知識篇三類主題分類，系統地引導學習，幫助讀者輕鬆掌握英文詞語。

中文科
漫畫故事創作：卓瑩
學科知識編寫：宋詒瑞

成語　　　錯別字

兩冊分別介紹成語的解釋、典故、近義和反義成語；以及常見錯別字的辨別方法、字義、近詞和例句，並提供相應練習，讓讀者邊學邊鞏固知識！

常識科
漫畫故事創作：卓瑩
學科知識編寫：新雅編輯室

透過討論各種常識議題，啟發讀者思考「健康生活、科學與科技、人與環境、中外文化及關心社會」5 大常識範疇的內容。

數學科
漫畫故事創作：卓瑩
學科知識編寫：程志祥

精心設計 90 道訓練數字邏輯、圖形與空間的數學謎題，幫助讀者開發左腦的運算能力和發揮右腦的創造潛能。

各大書店有售！

定價：$78 / 冊

三國風雲人物傳

從三國傳奇人物的故事，認識風雲變幻的時代！

最新出版

① 隱世高人諸葛亮
少年諸葛亮如何發揮
其才能與膽識？

② 諸葛亮的神機妙算
諸葛亮如何憑神機妙算
助蜀國三分天下？

③ 顛沛英雄劉備
劉備如何從小小縣令
走上諸侯的行列？

④ 劉備的禮賢德治
得到智囊的出謀獻策，
劉備能否實現復興漢室的宏願

由著名兒童文學作家**宋詒瑞**編著
適合**初小或以上**學生閱讀的三國橋樑書
淺白文字配以精美插圖，精選**三國風雲人物**的精彩故事

鬥嘴一班
驚險網上遊

作　　者：卓瑩
插　　圖：Alice Ma
責任編輯：葉楚溶
美術設計：李成宇
出　　版：新雅文化事業有限公司
　　　　　香港英皇道 499 號北角工業大廈 18 樓
　　　　　電話：(852) 2138 7998
　　　　　傳真：(852) 2597 4003
　　　　　網址：http://www.sunya.com.hk
　　　　　電郵：marketing@sunya.com.hk
發　　行：香港聯合書刊物流有限公司
　　　　　香港荃灣德士古道 220-248 號荃灣工業中心 16 樓
　　　　　電話：(852) 2150 2100
　　　　　傳真：(852) 2407 3062
　　　　　電郵：info@suplogistics.com.hk
印　　刷：中華商務彩色印刷有限公司
　　　　　香港新界大埔汀麗路 36 號
版　　次：二〇一七年十月初版
　　　　　二〇二二年九月第六次印刷

ISBN: 978-962-08-6902-0
© 2017 Sun Ya Publications (HK) Ltd.
18/F, North Point Industrial Building, 499 King's Road, Hong Kong
Published in Hong Kong, China
Printed in China